著者のノート

少し前に、良い友人は私が私の読者にメッセージを配信する機会を持てたことを私に指摘した。私はアフリカ系アメリカ人の小説を書く、と私は主に女性視聴者を抱えている。そのために、私は非常に感謝しています。

そう、私の友人は私がであることを主張として、私はとして感謝していた場合は、なぜ、彼らが促進するだけでなく、楽しいと思うものが何かで自分のキャリアをサポートしている女性（私の本の購入を通じて）提供していないと私に言いました。

私はしばらくの間、これについて考え、そして私の出版社とのそれを上に話しました。彼女自身女性なので、もちろん彼女はそれは素晴らしいアイデアだと思いました。

明らかに私が近づくことができるトピックの全範囲があったので、そこで彼女は、それは私が話をしたいと思ったことが何であるかについて私に尋ねた。

私はそれが私の小説を読んで女性はに関連する、そしてそれはまた私が精通していたことが問題のように持っていた興味を持つと何かする必要があることを知っていた。

ので、再び私は電球がオフになる前に数日間長く、ハード、それについて考えた。その後、私は電話に走り、彼女のバックと呼ばれる、と述べて"私はカンニングの男性について、女性に話をしたい。"

私はほぼ2本の直線分間彼女のお尻をオフに笑い、それは彼女がほぼ彼女のベーグルとロックで首を絞めているこの時点ではなかったことを伝える必要があります。彼女は私がそのレベルで開くことに喜んでいたことが少し驚いていたので、しかし、彼女は単にこのように反応した。

そう彼女の落ち着きを取り戻すと、私は深刻だったことに気付いた後。彼女は私が本を書かせることに合意した。しかし、再び、彼女はほんの少し驚いていた、とも私だ

私は私がこれを行うことを選んだ人間として扱ってきた私自身の個人的な経験や問題のため皮肉なことに、それがあった。私は男性についての質問を持っていた女性に話をする機会としてこれを使用していた、といい、常識の助言を必要としているかもしれません。

私は女性が離れてマイルからBSを見つけるために、このプラットフ

ォームを活用することを選択。だから私は私は彼らが実際に使用することができることを何かに私の女性読者に話せるように与えられているプラットフォームを使用することを決めた。

私は過去に過ちをたくさんしてきたが、残念ながら、私は遅くしたり、バック電源を入れる時刻を説得する方法を見つけるためにまだ持っている。私はいつも素敵な人とはなっていない。私は利己的で自己中心であった、と私を愛した人々を傷つけている方法で行動している。

時には、私は自分自身のみを考え、思いやりのない無視して振る舞ったている、と他の人に莫大な費用で私が何を望むか、しばしば。

と正直なところ、私はそれが犯罪であることを、非常に多くの女性の心が壊れている、そして世界のどこかで、私はそれはおそらくであることを確信している。

だから、私は一言で言えば言っているかを推測、私は本当に悪い男の子をされている、ということです！

しかし、私は過去を変えることはできない。だから私は前進できる最善のは一度も痛みをそこに住んでいた平和のいくつかの測定をもたらすうまくいけば、それ以上のダメージを与えることなく、すべて正直に住んでコミットメントを作る、となります。

誤解しないでください、私はこれがない方法で間違って埋め合わせ私は過去にやったことを知っているが、私はどこかにそれはありますが、これはいくつかの女性に何かを与える（少なくとも小さな方法で）希望の操作を行います。私はに使用されているようないくつか利己的なろくでなしの利己的な行動のために傷つけれる。そして、ああ... ...私がされているろくでなし！

私はどんな遠くに行く前に1日は、何よりも、、私はあなたを理解したいナンバーワンの事はそれはあなたのせいではないということです。ない方法でこの本は、いくつかの男性が行っている間違ったためにどんな言い訳をすることを意図しています。男が浮気の場合は彼がように選択するので、彼はそうです。プレーンでシンプル。

あなたの男は、整合性と自己規律の概念がない場合には、モナリザ、モナリザのような笑顔で人に知られている最もゴージャスな女性、、と金星De'Miloのような体になることが、その後、あなたが何もこれまでに十分にできなくなります不倫は単なるセックス以上のものなので、道に迷って行くから、彼を保つ。

第1章
それはあなたのせいじゃない

あなたの男の性的活動は、自分の考えや疑いの中心で、おそらくです。と多くの女性は、自分自身が原因で木の存在、森を見てから盲目に、このように気を取ら見つける。

私は何かについてはっきりさせておこう。セックスは、（通常はそう）、男性がどのように動作する方法に影響を与える可能性のより深い根本的な問題の唯一の症状です。または私は私達の主題、不品行をするを参考に、と言ったほうがよろしいでしょうか？

例えばハリーベリーを取る。彼女はハリウッドで最もセクシーな女性の一人として考えることが、彼女ではないにも不正行為愛好家の呪いに免疫です。彼女の夫はその時、歌手エリックベネットは、セックス中毒に苦しんでいると主張した。
そうであってもレブロン有数のカバーガールに結婚していることは、このR&Bロメオの食欲を満たすものではなかった。しかし、それは彼女の障害ではなかった！

タイガーウッズの妻、エリンNordigrenはかつてスポーツイラストレイテッド水着版のページを飾って、それが駄目究極のコミットからタイガーを停止しなかったスウェーデンから美しいファッションモデルだった。

彼はあまりにも彼の原始衝動を制御するために、彼は不本意作られた性的中毒のいくつかの並べ替えに苦しむと主張。これはただ、虎を飼いならすためにキラーカーブとブロンドの髪、青い目の美しさ以上かかることを証明するために行く。

女優のアカデミー賞受賞は、サンドラブロックの夫（ジェシージェームズ）は、彼の課外フリークオンになって逮捕される愚かなphilanderersの長いリストで別のです。彼は伝えられるところで熱烈な欲望の事件に関与していたいくつかは、サンディエゴの紳士クラブでストリッパーとして働いていたキャンディーガールをカバーして入れ墨。

これらの女性のいずれも責任がなかったが、私は振り返っに賭け、彼らそれぞれが差し迫った災害の兆候を見て、さらにそれらを認識しませんでした。

だから、ここで私はあなたがいつも聞いていた賭ける問題です。

あなたは、男性が常に下にごまか

すように見える理由を今まで疑問に思っている？私がこのことで言いたいのは、男性はあなたの口径以上になる女性と一緒にカンニングすることはほとんどないでしょう。私は、より高いコストで、、この下の基準を呼び出します。

あなたが見る、どのように男が自宅に持っている女性の大きな問題では、どういうわけか彼は常に彼が彼の手を得るために管理することができる最も安い、sluttiest、ほとんどの安酒場、トレーラートラッシュのひよこへの道を見つけるでしょう。そして、あなたは私が正しい知っている！それはあなたが笑っている理由です。

この理由は単純です。男は詐欺彼の自我を後押しする。彼は浮気であることを行っているのであれば、無意識のうちに彼は彼だけではなく、彼は彼が誰であるかの直接の延長としてあなたを見て彼の心の奥で以来、自分自身の下だけでなく、あなたの下にできると判断する女性を目指します。これは優れた感じるように彼の必要性を断言するのに役立ちます。
それはかなり複雑に聞こえるかもしれないけれども、それはほとんどのものは、男性の思考過程と関係が抱えている、とても単純です。この本のページ内で、男性は段ボール箱と同じくらい複雑であることを理解し始めるでしょう。と、わずかなキーの兆候を認識して作られて後、あなたは我々（男性は）通常湿紙の袋のようにほぼ同じ方法で折り畳むことがわかります。

ので、ここで思考のいくつかの食品です。豪華なカバーガール、スウェーデンの水着モデル、そして美しいA -リストの女優は男性が平均的な女性が男性を制御する代わり持つように祈りたいものをし、彼のズボンの内側彼のペニスを保つことができない場合は？

答えは、NONEです！

問題の事実はあなたが自分以外の誰を制御する能力を持っていない、とあなたが持ってはいけないこと、です。あなたが一定の監視下に保持する必要がある人を持っている場合、あなたは彼を必要としません。

自分自身に聞いてください。あなたが本当に彼はとにかくあなたの時間を価値がないことを証明したいくつか敗者をベビーシッターあなたの人生を無駄にしたくないですか？私はないと言う。

だから私はあなたが不倫の呪いは、人のいないこひいきはないという事実に慰めを取る願っています。それは無差別に落ちるため、ゼロ点で全ての年齢層、色、社会的及び経済的地位の女性を打つ。

あなたは、黒、白、アジア、ラテン系、または火星だかどうか。それすべての下に、すべての女性は基本的には同じこと、忠実な人を望んでいる。

ここで、所望の目的はあなたを楽しませるだけではありませんが、非常に多くの女性たちを失望させるように見える秘密のダークマントを持ち上げる、男性の行動について、あなたを教育する。

豊富がある場合にのみ関心が通常存在する。

意味が、その彼は彼が誰かの感情が彼自身のために少し懸念を使って好きなことができると信じて可能性があることを多くの女性など少数の男性があるので。

男性の多くは、さらに彼らは、彼らが望むよう不正な動作をする権利を与えられていると考えています。一人の女の子がされない場合は、その後、別の一つでしょう。

これは、多くの男性は生涯を通じてで動作することを心の倒錯した状態です。あなたの男は愚かではない。彼はそれらが霧で立ち往生しているほとんどかのように、その不正行為が間違っている知っているが、彼らは完全な否定を続ける男性はとても利己的であり、エゴが駆動されるので、ほとんどの回。

男は無条件の愛を望んでいると言うかもしれないが、彼は慢性的に不安定であれば、彼は無意識のうちに何度も何度も、幸福のための彼自身の可能性を損なうだろう。

彼の心に、あらゆる関係は条件付きです。そう、彼は彼の行動のための所有権と責任を取ることができるものまで、自分自身を妨害し続け、そしてそれが本当に何なのか、それを呼び出します。
INSANITY！

しかし、いくつかの男性はこれまでなります。

不倫彼はほとんどすべてのインスタンスで内側に欠けている何かが原因である慢性的な不安を、投薬しようとする、とだけそれぞれ性的な征服によって悪化作られている1つの手段です。

この種の動作は、最終的に限り、彼は根本原因に対処することを拒否するように、大きな不安につながる。

カンニングの男性が否定的に彼ら

は女性の考え方を形子としての経験を持っている可能性があります。彼は彼の人生の誤用、乱用の男性像を見て、そして反対の性別を操作している可能性があります。

男性の子供の脳は非常に印象的であり、そして我々は、男性として学ぶ最初のものの一つは、私たち自身の感情的な欠陥に対応して防御機構を作成する方法です。

必然的に私たちは大人になって私達とこれらの文字の特徴を取る。そう、だけでなく、我々は我々の経験によって定義されていますが、それらの事の余波は、彼らは正または負のどちらの場合も、寿命のために私たちと一緒にすることができます。

関係における不安の私達のレベルは通常、過去の経験に基づいています。これらの経験はマイナスとなっている場合、不安は私たちを支配する。嫉妬またはコントロールの問題の感情は、しばしば直接の結果として生じる。

ほとんどの人はそれが自分自身の横に誰かを制御することは不可能だと知っている。しかし、浮気男には関係の制御の彼の不足を補うために不倫を使用しています。不倫は彼に本当に錯覚以外の何者でもないパワーの誤った安心感を与えます。

拒絶反応及び放棄の恐れは、不安の最も一般的な原因です。外の事件に関与している場合でも、浮気男の不安が大きくなると、拒絶反応の同じ恐怖は他の女性自身に適用されます。そう、あの男は最終的にはより不安定になります。

不倫は、不安の悪循環です。その後、男性のために不安の詐欺、とは不倫自体が今や拒絶の将来の原因となることを不安に結果している。これは、浮気男は1分、非常に自信を持って見えるかもしれませんが理由ですが、その後は弱いと非定常横。

出来の悪い自己像は、関係の不倫のための強力な前駆体です。彼はより高い自尊心で自分を保持していた場合、彼を愛する女性を欺くために必要性を感じることはない。男は自分を尊重するなら、彼は正直である、そして必要に応じてに移動します。

それはそのまま私の目標は、男性離れてのバッシングを奨励するためではない、十分なことがあります。

しかし、それはすべてを味わうことができる人で、あなたがより良い本物の愛と尊敬に基づいて構築されている健康な、長期的な関係に前進するために装備、信頼と理解の新たな感覚でこれを読んだ後、離れて来ることを願って壮大だあなたがしていること、およびすべてのあなたが提供しなければならないこと。

今日の後に以下のものは、受け入れられないようになりますので！

ときに男性は、適切な審議のない情熱にビューを与えて、それらは一般的に最も誤解され、最も確実と傲慢です。

第2章

初期の信号

オーケー。あなたという人物をオンラインで満たす
ジョニー。彼はユーモアのセンスは大したもので、本当に魅力的です。あなたはそれが彼にあなたの番号を与えてもいいのだし、彼が呼び出すかを決定するまでは、数日間前後にチャット、およびあなたが電話で話し始める。

ジョニーは素晴らしい声を持っており、彼は話をするのはとても簡単です。ので、あなたが彼の声の音をスリープ状態にだまされているとして、すべてのものについて、何もについての会話を夜を過ごす。

これは、ほぼ一週間になります。それはあなたが二人が会うことに

したのだという合意は、この時点でです。あなたは連続殺人犯は今では出ていない場合は、その後、彼はおそらく大丈夫だと把握。

あなたとジョニーの両方愛タイ料理は、そのためには、山の手お気に入りのスポットで、ディナーのために会う約束をする。

あなたがレストランに到着すると、ジョニーはすでにそこにあります。また即時スポット彼はダイニングルームの中央にテーブルに座って。彼は彼がFacebookに掲載の写真で見たよりも、方法のキュートです。

彼は携帯電話で話して、そして本当に深い会話のいくつかの種類に夢中になっているように見えるので、テーブルに近づくと、彼はあなたを検出していないだ。

あなたは彼がルックアップしてあなたを確認するために丁寧に待って、単語を言うことなく、そこに立っている。彼の会話の中にそれが彼の音色と、彼は女性に話しているという彼の陰険な表情の滑らかさが明らかになります。だから、彼の注意を得るためにあなたの喉をオフにします。

彼が検索し、それはあなただと認識すると、彼はびっくりしています。彼は直ちに彼の姿勢を変更し、そして彼があなたを迎えるために急いで立つように突然、彼の電話を終了します。

"ああ、すごい！私はあなたがそこに立って見ていない。"彼が言うには、既に彼の神経質なまとまりによってそれを伝えることができなかったとして。

"私はあなたがそれを作った...席を

ご用意くださいうれしいです。
"彼は紳士のように、あなたの椅子を引き出してあなたの側にステップ実行、だ。

あなたが座るようには、多少礼儀のような彼のマナーや紳士に感動されています。それはあなたが向きを変えて、彼はあなたから渡っテーブルに座っている二人の少女に目を作るたまたま発見するまで、です。

彼は無謀なeyeballing"の行為に巻き込まれていることを見つけるために、周り復帰します。彼はそれを再生する偽の試みであなたに微笑み、そしてジョニーはちょうどあなたがすぐに判断の瞬時の経過にそれをチョーキング、彼の無礼な振る舞いをすっかり忘れるように気かわいいです。

あなたのかわいいアジアのウェー

トレスが注文を得るためにテーブルに到着すると同じように彼は席を取ります。あなたが食べたいものを決定しようと、メニューを熟読として、あなたは彼女が夕食のメニューの前菜だったように彼は今、スージーウォンをサイジングキャッチする日付で再び見上げる。

ジョニーは、あなたの腕が折られ、ほとんどすぐにあなたの頭からあなたの目をローリングであなたを見つけるにはなります。あなたが再び記憶喪失をキャッチし、ホットコーンブレッドマフィンに柔らかいバターのような溶融として彼は、笑顔と魅力をスローします。

この愚かさは、夜を通して継続。あなたがレストランを去る後でも、彼は映画館でチケットのウィンドウの後ろに女の子といちゃつくだ。しかし、あなたは彼にスライドさせて！

彼は家を駆動するようにし、あなたがそこに去るとき、彼はあなたの隣に車の中で女の子にウィンクしている。そして、あなたはすべての後、彼は本当にかわいいです、とに加えて、ため"だけで、友好的であること""男の子は男の子になる。"として彼を区別しない動作をexcusing続ける

そう、あなたとジョニーは、フック、そして定期的にお互いを見始める。物事はすぐに深刻になる。

早送り先6ヶ月から現在まで。今ジョニーはあなたのボーイフレンドであり、そしてここでは"ため息つかせて"からのクライマックスシーンのように、3台の親友にあなたの目を叫んでいる。

あなたに気付かれるため、ジョニーはみんなのボーイフレンドです。

明らかに、ジョニーは大忙し。この6ヶ月間、彼はないだけに日付を記入されているが、彼はまた、彼は既にいじっていた他の4つの雛に加えて、お気に入りのタイ料理店からスージーウォンとチューリップ、そして映画シネプレックスからチケットの少女を通して先端toeingされている周りFacebookである。

あなたが涙の完全なこぶしを叫ぶとして女の子は頭を振り、それぞれのささやきは、、彼らの息の下に"私はそれをすべて一緒に知っていた"。

そして、あなたは非常に最初から

目の前にあった信号の読み取りに失敗したすべての本というだけの理由。しかし、あなたが"私はあなたに言った"と言って私を必要としない、あなたのガールフレンドは、既にそのの世話をした。

今、あなたが鏡で自分を見て部分です、と言って"二度と！"、右？

間違っている！もし彼女が上歩いたとcohunesで正方形の彼を蹴った場合、その後、常に悲嘆と失望になる良いことを知っているだろうお尻の頭ガクンガクンのための言い訳を停止することを学ぶまで、ため。

でも、ご心配なく。

コーレブラックはあなたがカバーしている！

ただ、座ってリラックス、そして私は、男性はそれはとても難しい忠実であるために見つけることが本当の理由を明らかにするよう、注意してください。

何を恐れることを克服するためのアクションを必要とするということです。

章
3
レッドフラグ

お探しの兆候は、あなたの鼻の下に正しいかもしれない。

すべての女性が行う必要がある多くの時間は、STOP -ルック＆聴く。それは多くの場合、最大音量をキュッキュ最小のホイールだから！

これだけは覚えておいてください！男性は習慣の悪名高い生き物です。あなたがあなたの男、そして彼の通常の日々のルーチンを考える場合、彼はおそらくあなたが通常1分に彼の動きを、ダウンタイムができるように予測可能です。

彼は空腹時に、彼が眠くされる内容、時間、知っている、と彼は的確にキャッチし、bathes何時間。知識は力です。だから、あなたの利点に使用してください。彼のいつものパターンで最小の偏差は、すぐに旅行して第六感をする必要がありますが、あなたは彼との調整に滞在する必要がある、そして細部に注意を払うだろう。
我々は新しい日に生きています。ゲームは、それが10年前よりも方法より複雑です。そう、あなたの防衛戦略が最新のものである、と私はあなたを助けるつもりだことを確認する必要があります。

彼の性的欲求の変化

彼は退屈しているのでは？あなたの性的関係の変化は、あなたが本当に意識する必要のあるものです。あなたが男性からセックスへの関心の欠如に気づいたがある場合、これは赤い旗のナンバーワンかもしれません。

平均では、一夫一婦制の関係で夫婦は週に三回程度セックスをしています。これは年齢とともに減少するが、あなたの男が彼の50年代後半になっている場合を除き、これは適用しないでください。

セックスといえば、彼はあなたが前に実行したことがないいくつかの新しい、珍しい性的なポジションを試して推進している。警告！あなたが私のドリフトを得れば、彼は、彼の"新しいトリック"から、この新しいトリックを学んだしている可能性があります。今、あることについて考える！

あなたがサインをソー

手がかりは、すべてあなたの周りです。 "家の中で男は通りの2つの価値がある"、またはその映画スターアーサキットは伝え言った。しかし、それは男の愛する人が彼の利己的行動で負傷している笑い事ありません。

にだまされている女性が自宅で少ない時間を過ごす彼女の男に気づくこと、そして彼が存在するとき、彼は異常に気を取らまたは間隔をあけ思われるかもしれません。

あなたのルーチンおよびスケジュールのわずかな変化について、あなたを確認するため、実際に大胆さを持ちながら、彼は、説明なしで一度に数時間のために消えて開始することができる。

レッドフラグは、不必要な銀行口座の引き出し、またはビクトリアシークレットやフレデリックのから原因不明の購入についている場合は振って開始することができます。

も、あなたの家族の側面、または彼の家族との関係の変化との集まりに出席することにためらいは何かがずれていることを手がかりとなる可能性があります。彼は彼自身について社会的なイベントに参加し始める可能性があります。また、異なることを扱うように見える共通の友人からの態度の変化には注意してください。

小さなものを探してください。例

えば、あなたの男が突然、子供の安全座席とおもちゃが彼の車の外に保管されることを決定した場合、これは古典的な彼の家族への参照の恥の印、およびあなたの男は多分ごまかしている多くの兆候の一つである。

彼はさらに洗濯のお手伝いを決定し、口紅、または不慣れな香水のように、彼の衣服に不倫の証拠を見つけることの不快感を和らげることができる。

毎日家族の生活に一日は多忙であり、そして便利に家族内で手がかりを考慮すること、レコードが徹底し、精度を確保するために保管する必要があります。また、楽しまれる可能性のあるすべての疑惑に関して客観性の基礎となるもの。

彼らは家族の日々の生活に侵入す

るときにこの本は、不倫の実用的な結果を公開します。これは、家族単位ではあるべきものの彼を思い出させることを意図し、そして子供のような無実の人々に影響を与える可能性のある破壊的な影響のいくつかの光を投げかけている。

あなたの腸を聞く

思考と混乱砲撃あなたの心の混乱。怒り、欲求不満、後悔、そして深い悲しみは、V-第三波に侵入することもできます。

不倫がその醜い頭を後部時感情が高い実行。しばしば人々は言う、彼らは後で後悔することができることを行う。任意の解像度は約来るかどうか言われていると、タクトとクールな頭が非常に重要です。

不倫の疑いを確認するために証拠を収集することが解決へのプロセスの最初の最も重要なステップです。

彼はコミットしていないことを犯罪の無実の人間を有罪より悪い何もないので、しかし、細心の注意は、とられる必要があります。プラス、彼は家に帰ってきて、あなたがジュニア犯罪現場捜査官のいくつかの種類のようなブラックライトで自分の下着をチェックして見つけることがおこってばかりほんの少しかもしれない。

ですが、たくさんの良い探偵の仕事のために言うことがあります。あなたはたくさんのその方法を見つけることができる、ただ注意してください。時には我々はトラブルを見て行くと、それはまさに私たちが何を見つけるでしょう。あなた自身の最良の判断を使用してください。

私立探偵といえば、いずれか1つを雇うことを考えている可能性がありますが、これは高価なことができますし、ほんの少しの想像力で、自分で発見できるものがたくさんあります。

あなたは、単に奇妙な電話が間違った数字の形で来て、ハングアップ、または、彼はプライベートで撮影を主張呼び出すを呼び出すように、少し変わったように見えることがあなたの周りのことに注意を払うことで開始できます。

彼の車、携帯電話、またはその個人的に使用していない、その他の個人の項目についての新しいオーバーprotectivenessように、疑いを見える彼の行動のわずかな変化を探します。

あなたの男が不正になる可能性が別の記号は現在存在しないに等しいようなあなたの車のドアを開けるような小さな儀礼、またはあなたが共有するために使用される光が馴染みの会話、にあるのかもしれない。

男性とそのガジェットは注意してください。浮気男の兆候は、携帯電話、ページャ、二つの方法、または彼があなたと共有されていない新しい電子メールアカウントの突然の使用によってマークされている場合があります。

彼のあなたとのコミュニケーション、そしてまた彼の友人の態度は見る価値があります。彼は一日のために、見過ごされて従ってください。これは挑戦的に見えるかもしれませんが、それは単にいくつかの興味深い情報を明らかにするかもしれない。

かつて彼が実際に不正されている確かな証拠によって確信し、あなたが滞在またはそれを手放すかどうかを決定する必要があります。これは簡単に聞こえるかもしれませんが、実際に関与して子供がある場合は特に、作るために最も苦渋の決断することができます。

大きな考慮事項は、無邪気に無邪気にあなたの演劇の中心に配置することができる子どもたちの存在です。彼らの感情的なセキュリティは最優先事項でなければなりません。

しばしば人は、彼が何が大丈夫であることを誤解して、付与されたために彼を愛する女性を取ります。彼は何の影響を恐れていないので、彼はこのように動作します。これは、それ自体の差し迫った破滅の警告サインかもしれない。

男の浮気をキャッチすると、つらい経験することができます。彼はあなたの信頼を裏切った、と彼はあなたを愛していないことを証明しています。今日は、地獄のように損傷する場合があります。しかし、あなたは集中し続けている、と強さの位置から作業している場合、その後、ある日、あなたは戻って再現され、痛みが遠い記憶に放散するように耐えたすべての打撃は、ずっとあなたの後ろになります。

一言で言えば、最大の証拠となる兆候は、彼の姿勢になります。彼は時間の何人かの人々のいくつかをだますことができるが、彼はすべてであなたをだますことができるではないはずです。

フェイスオフ

彼は不正行為をキャッチしているときに人間が行う最初のことは嘘ですが、これは右の彼の後部に彼をノックするあなたのチャンスです。しかし、これは速攻を必要としている。

順序で事実を持って、そして即座に最後通牒を提供する浮気男から再度電源を押収する確実な方法です、そしてあなたに優位を与える。

あなたが属している場所は運転席の内部に再配置され、油断して彼をキャッチ。貧しい人々の意思決定のために、彼は現在、一時的にコマンドから解放されています。

あなたが現在担当しています！

裏切りのこの種の被害者は、最高のそれは最初に強い感情を感じることが当然ですが、それは関係から物理的および感情的な剥離の期間を耐えることも同様に健康だということをお勧めします。
これは最終的には強制された損傷を修復したいカップルのイベントの信頼構築の期間で最高潮に達します。

関係における平等

不倫の被害者は彼女の夫は反対等しい彼女の検討の法律によって権限を与えられている。その基礎から、私は不倫によって傷つけ関係の典型的な徴候のいくつかを指摘するにフォーカスしたい。

戻る日で、家族は厳しい時代にプールのリソースのために密接に接続されて滞在。しかし、今日、家族は、親族関係を示す単語以上の何物でもありません。この社会的なブレークダウン忠実に向かって男性の態度に別の大きな要因です。

法律によると、夫と妻は、両当事者に帰する権利と義務との法的文書である婚姻の契約によってバインドされます。そのような義務は、お互いをサポートすることです。

彼の妻で男性の不正行為は、単に感情的な虐待の行為を犯していないが、彼がサポートするために彼の法的義務の明確な違反でもあります。婚姻は、法的な契約であり、この理由で、不倫は、取消しの適切な理由が考えられている。

彼らは結婚していたかどうか、にごまかさ、または単に男性と同居している女性は、何回、彼らはおそらくそのような処置に値するためにしたかもしれないものを尋ねる。答えは、何もない、あなたは何もしませんでした。あなたは、他人の否定的な行動に責任を一切関係ありません。

不正直になる男の決断はまさにそれです。それは彼の決断でした。彼は彼の不倫はあなたの責任であることを通知するかもしれません。労力で責任を取るにあなたをだます。しかし、それはでたらめの蒸し熱い山です。そうそれのため該当しない。

男性は、どれも受け入れられない、異なるいくつかの理由でカンニングしますが、ケースの大半は、彼自身の感情的な不安は、基礎となるコアでどこかにある、と彼の不倫は単なる純粋に利己的な思考の副産物であることを明らかにする。

メンズエゴが大きいですが、私たちの脳が小さいです。そう彼の行動の本質を見つけることは比較的簡単なはずです。

彼女は退屈されることはありません、そして人生は短すぎます;自分の知っている女性は、独立したhenceforwardである彼女は、深いまだ温帯幸福と根ほり葉ほり染み込んでいる。

第4章
あなたは彼の態度もとても鮮やかですか？

彼は、まったく本当の理由のために奇妙な動きをするでしょうか？態度は私たちの魂のバロメーターです。

研究では、場所を取るために説得するための重要な要素は、ソース、メッセージ、および聴衆あることが示されている。しかし、人々の習慣のために緊張を経験するとき、彼らはしばしばに従って、それらの感情的な反応を調整する。

一般的に、人々は彼らの潜在意識の思考との関係で最も便利な応答を選択します。ので、注意してください。

あなたの男は守勢に常にある場合は、これは警告の徴候である可能性があります。彼は浮気をされての有罪であることを知って、移動が発生する可能性があります。これは、男は彼が彼自身を見てあなたを見始めるときです。

そこで彼は、緊張と、通常攪拌になります。それは、男性は時々ちょうどあなたがあなたの冷静さを失うことを取得するには、何についての議論を選択するということは、この時点でです。

これは、すべての言い訳が物理的または感情的に、通常は両方のどちらか、彼自身を遠のけるために必要な罪を犯した人を与えます。

時間をかけてペティの引数は（あなたがしてきたところ、あなたがでそれを行ってきた人、これまで行ってきたのか）、彼が緊張し、または何かについて有罪であることを主要な信号であってもよい。

男性は何のためにバリケードを構築していない。ので注意してください！

常に注意する！男性が愛されるのが大好き！あなたの男があなたに向かって異常に予約された動作を表示を開始するのであれば、これは彼の愛情は今他の場所に潜んでいるかもしれないことを示すインジケータである可能性があります。タッチの拒絶反応は、彼はただあなたを感じていないという事実に直接指していることがあります。シャレでは意図するものではない。

罪悪信号

痛みの感覚が私達の物理的な健康になるような罪悪感は、人間の意識の重要な部分です。

これらの受容体を使用せずに、
我々は我々の行動を意識することなくダメージを与えることし続けます。

未来を予測するためには、女性のみ直観の散水と組み合わせて少しロジックを、使用する必要があります。

私の祖母は、十分な長さの人に話す場合、彼らはあなたが問い合わせることもなく、あなたが知りたいと思うすべてのものを教えてあげることを私に伝えるために使用。

浮気男は、彼が彼のトラックをカバーしようとすると、毎ターンで明確にし、動かぬ証拠を残して、通常は非常に不器用と明白です。浮気男は"あなたはそれが一度に複数の女性を愛することは可能だと思いますか？"を尋ねるような間抜けなことをすることが知られている

これを覚えている。男は常に彼が欠けていると考えているところ以上補償しようと試みる。

ラブ＆マネー

お金に関する不正行為は、コミットされた関係の約33％の問題です。金融不倫はしばしば性的な不倫を伴うので、これは非難するサインです。

それは心の問題になると、あなただけの財務についての愚かなことしないで、世界のすべてのロマンチックな楽観主義を持つことができます。より多くのお金を稼ぐ男性は少なく、それらの収益よりも、カンニングする可能性が高くなります。

理由は明白です。少ない収益力を持つ人々は彼らの周りの人より経済的に依存しています。そう優勢は、彼らがカンニングする可能性が低いということです。

多分可能性が高い値に少ないお金で、基本的に男、献身的な関係の安全性だけでなく、安定性、

男はカンニングができるかどうかを判断する一つの方法は、彼の財政を評価することです。

どのくらい彼は本当にあなたが必要なのか？

これは、解決するために興味深いパズルができます。あなたの男が経済的関係に依存している場合、その後彼がどんな不誠実な行動によってそれを危険にさらす可能性が低くなる可能性があります。

女性はこれまで彼は本当に財政的に彼自身の上に立つことができるようになるまで、彼は本当に関係を大切にどれだけ知っていない可能性があります。彼は経済的に独立である場合には、研究は不倫疑

惑が十分な根拠になる可能性が高いことを示しています。彼はおそらく"忍び寄るだ！

他の不審な行動は、彼が急にあらゆる合理的な説明もなく一方で、多かれ少なかれ現金を持っている異常な銀行取引の形で来るかもしれない。

そこに彼の財布に原因不明の領収書はありますか？または。彼の携帯電話の請求書には、異常に高いです？

これらの事は、いくつかの課外活動の信号であってもよい。

一方がもう一方を監視

ここでおもしろいのです。支払い手形と慢性的に遅れていると不注意である人間が関係を持つ均等に無責任になることを示唆する証拠がある。

ドラマを楽しむ人のために、これを確認してください。それは右、はるかに少ないカンニングするであろう慈善および他の高貴な努力に多くのリソースと時間を費やし、素晴らしい寛大さを表示するその男性を考えて洞察に見えるでしょうか？

間違っている！悲しい真実は、裕福な不正行為が頻繁に不倫の自分の曲をカバーするために慈善寄付のようなものを使用することです。

彼が言うときこれだけ"私は事務所で行った"、注意してください。

それは、彼のジーンズではありません

社会的な観点から、我々はそれだけで周り欺くために適切ではないと言って、男性と女性の両方が一夫一婦制のように期待している。これが現実的である場合は、一部が尋ねる。

今日の社会では、自然選択は私達が今までの関係に向けて社会的な態度、そして境界のないセックスに向かって私たちの増加受け入れを変更するにもかかわらず、我々の遺伝子を広める手助けすると考えられている。

 科学者はそのような飢餓、痛みの感受性、および恐怖反応などの重要な遺伝的形質は、行為が種を保存することが人間の脳に必要なコンポーネントがあると思います。

これらの原始の本能、欲望、または子孫をもうけるために動機は、それなしのため、我々が持っている最も重要な本能であると考えられていると共に、人類が最も確実に絶滅でしょう。

。
ハードプルーフ

あなたは自分の男が浮気していることが判明、そしてあなたが吸盤パンチされているようには感じている。しかし、その多くが痛いと、あなたは少しも驚いていないです。それは実際にあなたが既に疑わ何のだけ確認できた。

　最初のショックが切れると、穏やかなの説明できない感覚が引き継ぎ、そしてしびれは、あなたがされていたことをねじる痛みへの歓迎代替手段です。この気持ちは行ったり来たりすることがあります。

　見つけ出すの後の最初の数日あるいは数週間では、相反する感情の間で行ったり来たりすることがあります。あなたも、あなたは知らずにオフに優れているかどうか疑問が開始されることがあります。しかし、私はあなたにモーニングコールを与えてみましょう。知らぬが仏ではない、と後戻りはありません。

あなたが知っていたすべてが変更されました。すべてのあなたの計画は、踏みにじられている、そしてあなたの希望とあなたの夢は粉砕されている。

あなたがあなたの親友を失っているかのように、この期間中にそれを感じることがあり、色々な点でそれは本当である。この人にあなたのすべてを与え、見返りに彼はあなたを愛することを約束したが、代わりに彼はあなたを失望させる。

彼はあなたを大切にすることを約束し、代わりに彼は浮気。彼はすべての害からあなたを守ると約束したが、彼は代わりにあなたの玄関口に右のトラブルをもたらした。言い換えれば、あなたが演奏してきました！

あなたは今何をあなたはあなたのような考えは、実際にはない、とさらに悪いことに、今誰かに属している可能性があることを真実に直面することを余儀なくされています。

すべての人間は、世界ではない知っている彼の秘密の悲しみを持っています。我々は悲しみを保つために私たちの周りのビルドにも喜びを締め出す壁。

1. +You
2. Web
3. Images
4. Videos
5. Maps
6. News
7. Gmail
8. More
    1.
    2.
    3.
    4.
    5.
    6.
    7.
    8.
    9.
    10.
    11.
    12.
    13.
    14.
    15.
    16.

1. spauldenpublishing@gmail.com
    1.
    2.
    3.
2.
3.
    1.

Translate

☒

章

5

すべての男性はチートですか？

現代の技術は、携帯電話が最もphilanderersのコミュニケーションの好ましい方法であることと、詐欺師のゲームを強化してきた。

男性の大部分は女性が彼らは彼らには希望するが、容認の下でそうし、すべてのセックスを与えるためにコミットされたと言う。だから不倫は非常にセックスにはほとんど関係が、それに向かって彼女の態度についての詳細を持っています。

　年齢層によってそれを打破するためには、それは詐欺師の15％は27％、40〜49歳であることに比べて、18歳から29歳の間にあることが表示されます。人が古くなるように、余分な夫婦関係を持った70歳以上の者のわずか8％とオプション、、、、の少ない。

2歳と5歳の子供の存在2歳コミット不倫歳未満の子どもを持つ男性の15％、そして子供を持つ男性の25％として、浮気男の渇きを癒すために少しを行うには、事務を持っている。

ここにまたはあなたを驚かせることができるという事実です。

彼らは妻なしで外出するときに約1 / 3すべての既婚男性のは、彼らの結婚指輪を削除します。

何が複雑に絡み合う私たち織る。

事実と図

一般的に、不正行為の男性に関する統計は、性的行動のいくつかの興味深いパターンを明らかにする。しかし、これらの統計はまた、セックスは常に不倫のための唯一の理由ではないことが明らかになった。

どのように多くの男性がカンニング？

ある推計では、すべての結婚のわ

ずか約65%が最初の5年以内に不貞を何らかの形で経験することだ。家族単位の保護、交際、およびセキュリティを提供するために設計されていることを考えると、この厳しい現実は非常に憂慮すべきです。

姦通の犠牲者の驚くべき70%が女性です。 MSNBCが撮影した調査では、既婚男性の28%が自分のパートナーに浮気していたていることを明らかにした。

これらの詐欺師の不正行為のわずか2%程度は60%が完全に無罪放免になったと信じて、彼らの配偶者によって捕捉されている。

不正行為の男性の約6%が実際に彼らの悪行を告白するなどだった。

男性は何を考えているの？

男性の約50％が少なくとも一度は彼らの関係の浮気であることを認める。これらの統計にもかかわらず、男性の精神内部の外観は、道に迷っていくつかの男性を導く思考プロセスを理解するために必要です。

男性のエゴは文字通り、紙薄いです。そう、男の銀行口座のサイズは、しばしば彼がどのように振る舞うかと大いににすることができます。

ある調査では男性の82％は、彼らがむしろ不十分なよりも愛されていないと感じると述べた。別の調査では、と話したり、定期的に元恋人からの通信を受信することは男性の51％で不正行為とみなされますが、わずか25％は、彼らがごまかしたいた認めるした。

驚いたことに、ポーリング男性の50%以上は、少なくとも1つの過去の関係を破壊するための不正行為を非難した。

それらの関係が幸せだったかどうかを尋ねられたとき、すべての不正行為の男性の60%は、実際に彼らが仕事の彼らの場所から誰かにだまされていることを認める詐欺師の75%で、ケースだと感じたの調査。
ポーリングされた女性のうち、そのうちの64%は彼らの人間が不正行為をキャッチした後彼らの関係をしようとまでパッチを適用することを決めた。興味深いが、驚くべきことではない。真実の愛は大きな打撃を死ぬ。

不倫の法則

にだまされているの悪い部分の一つは、通常、多くの女性のための金融闘争につながることができる分離、いくつかの並べ替えになることです。ありがたいことに不貞のイベントで女性の最高の利益に奉仕所の法律がある。不正行為は、それは可能な限り、さらに金融苦難を避けるために良いということそう多くの感情的な困難につながる。

法の不倫の歴史

古代ローマの不倫のためのペナルティは、石で打ち殺さいました。幸いにも彼のズボンでそれを保つことができない人のために、これらの法律はもはや存在しない。

定義上、不倫は背任です。1660年以来、一般的な法則は、この信頼関係の違反はペナルティにつながるはずのことが実施している。

不貞は、契約違反とみなされます。けれども、もはや私たちの犯罪者は死刑を宣告されていないが、法制度ははるかに悪化することができます。

和解できない内訳

姦通は、彼の配偶者以外の人との性交を同棲したり、ある既婚者として定義されています。
あなたが給料日を獲得するために必要なすべてのものに使用される"不倫"を主張し、婚約を解消するために。今、裁判所は離婚手続きの正式な説明として姦通を認識しません。代わりに、より一般的な用語"取り返しのつかない故障"が使用されます。

ほとんどの州では、カップルが"回復不可能な故障"離婚を申請する前に、いくつかの問題（そのような子供の親権、面会、およびプロパティの一部門として）に落ち着くことが必要です。また、通常は"過失"離婚と考えられています。

基本的にこれは姦淫に基づいて離婚を申請するための最も一般的な方法（"ペーパーファミリーが"）は、障害はないと考えられているので、裁判所が離婚手続きの不倫の被害者によって好意的に見ていないことを意味します。

愛とお金

むかしむかし、財務的な問題は結婚に関してと付け足していた。しかし、これらの日、個人の金融の安定は、結婚や間違った人と同棲することによって台無しにすることができます。多くの民間の運命は毎日離婚手続きに手を変える。

驚いたことに、それはこのように

幸福彼の財政を危うくし、浮気される可能性が高い高所得の状況の男性です。

一つは、推定で年間10万ドル以上獲得した男性の32%は浮気をされ、年間未満$ 35,000を獲得男性のわずか25%で、その配偶者でカンニングをする可能性が高いことを示した感じています。

尋ねると、男性の衝撃的な74%が、彼らは彼らが決して捕まらない飽きないと思います知っていれば、事件を持っていると述べた。浮気をして検討する男性は、最初に潜在的な波及効果を考えるのが賢明だろう。

最大セトリング

裁判所は、一般的に離婚手続きに均等に資産を分割しようとしています。しかし、夫婦が子を持つ場合、それらは大きく子供のニーズを量る。子供たちは両親のうちの1つだけと自分たちの生活のかなりの大部分を費やす場合は、その親は、一般的に割って資産の過程における取引のよりよい終わりを取得します。

一部の男性の場合は、ハイステークスでは駄目、絶対ロシアのルーレットのこの種類を作る。

最も厳しい質問

なぜ彼は私たちの愛を危険にさらすのですか？彼はまだ私を愛していますか？彼はこれまで本当にす

べてで私を愛していた？

発生する可能性のある最も強力な衝動は彼があなたを慰める持つことになりますが、それは完全に自然なことです。彼はあなたの親友とあなたの恋人だったので、あなたはそれが一晩それらの感情を残すことを期待することはできません。

あなたは心痛の異なる段階を経ることができる。もはやあなたの関係、そしてより多くの献身的なあなたには関係が、より多くの痛みを伴う彼の裏切りが見えるかもしれないと思った。

それはこれが最後でないことが判明した場合でもあなたが前にそれらを知っていたとして、それは、物事がされた方法の少なくとも死です。

あなたが前方に移動する方法のことを確認するまで、あなたの浮気男があなたの慰めになるようにする誘惑に抵抗する必要があります。滞在または移動する決定は絶対的に明確な心ではなく、失恋からのものである必要があります。

私達のどれも傷つける苦しむ人はいません。我々はそれを通過しているときに我々はそれが離れて行くように何かをしようとする可能性があります。不倫の被害者であることは恐ろしいことだ、それは傷つけることになっている。一時的なしびれと痛みをマスクすることだけが悪くなり、それが治癒にかかる時間を延ばします。

それはこの非常に強力な、より良い女性から出てくる可能性も十分です。

これは実際には私たちの究極の目

標です。

愛は自然死を死ぬことはない。それは、エラーと裏切りにより死亡。

章
6
愚かなへの対応

あなたの男の不倫から学ぶことは女性が通過することができる最も衝撃的なものの一つになります。関係は、女性のための大きな投資です。それは、男性よりも女性のために通常よりそうです。

これは男性がはるかに女性よりもカンニングする可能性が高いことを示す統計によって証明されています。あなたが浮気してきた場合、それはあなたが明らかにそんなに入れ、何かが同じくらい彼を巻き込むつもりはなかったと不快感を覚えるの実現です。

　この命により、画期的な開発に対処する方法は多数あります。いくつか見てみましょう。

涙を開催

あなたが最初にかなり動揺するつもりだあなたの男の不倫を認識したとき、言うまでもなく、そしてあなたがする必要があります。だから、自分の気持ちを整理するために、彼からいくつかの時間を持つことが最善です。

涙を保持しないでください。それは怒っていることは完全に自然であるので、それを抑制しないでください。あなたが傷つくが表現されている必要があります、どちらか今怒りのような、または苦い怒りのような回線ダウン。

あなたの気持ちを解放し、ちょうど健全な方法でそれを行う。親しい友人に電話して、思いの丈を吐き出す。あなたがそれを話をした後は、少し良い感じ、そして癒しのプロセスを開始するために、より備えることができます。

読書は基本的なことができます

あなたの男が浮気していることを発見したら、おそらく非常に孤独を感じるでしょう。質問は"なぜ私？"、のようなあなたの心の内部にエコーしますそれはあなたが自分ではないことを認識することが重要です。

あなたはそれを経てどのように多くの友達のことに驚かれることでしょう。あなたの靴で歩いたいる誰かの言葉を聞くことは時々慰めです。

自己破壊しないでください

浮気されている女性の自己価値にひどい衝撃です。時には、それは復讐のアイデアは非常に甘いように見えることがこの時点でです。しかし、もう一度考えてみて。

一部の女性は、フェアプレーの転換など、直後に別の男とセックスするのを参照してください。

しかし、二つの悪事は権利を作成しないでください。

あなたの浮気男によって表現よりも高くなってあなたの真の自己価値、値の宣言を行います。彼のレベルに猫背しないでください。高道を進み、女性のような状況に対応する。ホコリが安定すると、それは彼がすべて、より残念になります。

二つの悪事はそれが正しいようなことのないよう

だまされているの痛みは深いことができる、そして心も、あなたはそれが最初に感じた感じる場所ではありません。

女性の精神は、一般的に最悪の打撃を取る。理由の一つは、ほとんどの人々の生活でそれらを愛して複数の人があるということです。それはロマンチックな愛ではないかもしれませんが、それはまだそれにもかかわらず、愛です。

男性は頻繁に怒りに彼らの否定的な感情のほとんどを転送することが知られていますが、これは彼らが脅威を感じる時、彼らのエゴがそのまま維持できるようにする対処メカニズムである。

女性は通常、ちょうど反対のことを、そして彼女の人間の行為によって彼女の自己価値を測定する傾向があることが、彼らは良いか悪いかである。

女性の心に彼女の人間の過ちは、彼女自身の不備を直接反映と見られている。現実には彼の行動は、単に自分のわがままを反映しているときに。

　思考の両方の点で共通する要因は、エゴです。自我は、認めざるをしたくなるよりも、これは男性と女性両方のために行く人々の意思決定に大きな役割を果たしている。

自我は、通常、私たちの最大のダウン滝の前駆体です。自我は、偉大な区切り文字です。それはすべてのコストで良い感じにしたい私たちの一部であり、我々が考えることから私たちを分離することは痛みを伴う可能性があります。

浮気されている男の悪い悪夢に特に甘いと愛する女性をオンにするという確認方法です。地獄は彼女の気持ちが踏ま持っていた女性に等しくない怒りを持っていません。

それは心の休憩のように思えますが、すべての思考のルートにあります。と何も恋人の復讐の良い量のような傷ついた自尊心を癒すありませんが、他の誰かに傷つける原因とすると、痛みを和らげることはありません。

彼はあなたを傷つけるしていることと同じマナーで彼を傷つけると考えている場合があります。あなたも、彼が他の男とあなたを見ている究極の復讐のシナリオ、を想像している、と彼は慰められない心痛によって消費される、と泣いて、彼はすることを懇願するように、彼がされているものばかを伝える、彼の膝に倒れる戻ってくる。現実には、チェック！

私がもしあったとしてもそれだけですべてで、映画の中でそのように起こることを伝えるために申し訳ありません。

それはあなたの頭の中に果たしているとして復讐は甘いかもしれませんが、それは私達がようにそれを構築するのか今まで決してない、と我々は振り返るとき、それは価値があるとしてもめったにありません。

ここにあなたのコースをプロットとして心に留めておくべきいくつ

かあります。

1。この時点で誰とでもセックスをする可能性があなたの元を思い出させます。

2。セックスを行うには何があなたの元は、おそらく他の人とセックスをしていることを覚えておけるでしょう。

3。あなたと情事を持っている人は、おそらく経験が不満足なことだけでなく、あなたの男としてあなたを知ることができません。

4。麻酔の痛みは、それがいかに強烈な忘れてしまうことになりますが、しびれが切れるときには、おそらく再び地獄のように感じるよ。

5。あなたが愛していない誰かと

性的であることは唯一自分だけが既に持っている否定的な感情への追加、罪悪感の原因となります。

"二つの悪事はそれが右になるわけではありません"、あなたが前進することによって生きて偉大な言葉です。

目標は悪く、良いとは感じるようです。あなたが唯一のより多くの苦痛と混乱を作成する裏切った人のレベルにダウンして取得。

そして、あなたが過去の痛みを取得できない場合、それは多分それだけで移動する時間です。

寛容はほとんど不自然に見える。しかし、寛大さは、自然のルールを破る力が好き。

章

7
神の正直に真実

コメディアンは、クリスロックがかつて言った、"人は彼のオプションと同様に忠実である"。そして残念なことに、ほとんどの時間これは本当です。より良いあなたの男を探して、可能性が高い彼は、ある時点でカンニングをすることです。なぜ?

時間、スペースおよび機会

この女性があまりにも果たすので浮気をする男性の問題は、そのことについては何も新しいこと、また不正行為の女性です。あなたは賢く、それについての傾向にあります。しかし、私は別の本のためにその一つを節約できます。
ほとんどの時間は、彼が誘惑、彼はカンニングを持っているより多くのチャンスに直面している。その簡単な数学は、その完璧な嵐が登場するとさらに強い意志を不調になったこともあるので、多くの機会を持つ上記のすべての要因を組み合わせ、と。

今私はちょうど男性の複雑かつシンプルな自然の中にいくつかの洞察を提供しようとしている、とうまくいけばのような説明を与える"男性がそれらを愛する女性でカンニングを何故？"私が見てきたからと自分から最初の手の経験。

私はあなたの多くは男性が傷つけていることを知っているので女性が、私は謝罪の自由を取るつもりです。すべての私の正直にもかかわらず、私はこれらの答えはあなたが捜しているあの決定的な答えを見つけるためにあなたの探求を終了しないことが確実です。

そこでここでは、男性が妻をごまかす理由絶対的な理由のいくつかを見つけるの下に、行く！

身勝手

勝手に自分の個人的なニーズを満たすために彼らの関係にステップアウトすることによって、自己陶酔的な性質を満たすために必要な多くの男性があります。私は実際に飽くなき性的欲求を持っていた友人を持っていたし、彼の言葉に、"彼の妻はそれらのニーズを満足させることができることはない！"狂ったが、実話を鳴らします！

ほとんどの男性は、彼の女性が知っていない何が彼女を傷つけるだろうと思います。そこで彼らは、無神経な人を無視し、それ自体で自己満足のビジネスについて話を運ぶ。

これらの男性は、彼らが賢いかと思いますが、彼らは本当に滑らかな犯罪者以外の何者でもありません。裏切りと詐欺の問題に来るときは良い行為が処罰なくならないのと同様に、同じがさらにtrueであるためしかし、それについてのあなたのかわいい頭を心配しないでください。何が最終的に見つけるカンニングほとんどの男性は、常に日の光に来るものが夜の暗闇の中で行われている、ということです。

不幸＆結婚

結婚は二人と真実の間で相互の合意であり合意が守られていないことを時々、物事には当たり前のことに始める。女性は当然彼女の男を取る場合には、彼の自我は、外部からの影響に対して脆弱行うことができる。

ピアプレッシャー

多くの男性は、友人の周りにマッチョのイメージを伝えるためにしたい、と彼の少年にその圧力をかける1人の友達がおかしな動作をすることが常にある。

驚いたことに、多くの男性は、"ピア"の圧力に崩れ！これは恥ずべきですが、それは本当です。

なぜ男性は質問の女性は時間の夜明け以来、答えることをしようとしているかカンニング。

人間、とフェンスの両側にされている人として、私はこれまで単一の具体的な答えはないと言わなければならない、そしてそれはとてもイライラさせられるその理由はおそらくです。

愛が失われると、悲しみで頭を弓のではなく、そのために天に高くし、視線の上に頭を保つには、死ぬ愛を癒すために送信されている場所です。

章
8
その他の女性

あなたは愛情を"ジャンプオフ"として知られ、他の女性ですか？

もしそうなら、それはおそらく、あなたがそれをしていなかったインチであることが容易な苦境になることができない、と私はそれがないピクニックないはずだ。また、何か間違いがあったという感じかもしれませんが、それは修正することは容易ではない。

あなた自身が混乱見つけ、そしてあなたの行動についての悪い感じている場合、あなたは自分自身でいくつかの厳しい質問をする必要があります。

あなたが何をすべきかを決定する前に、自分自身でよく、長い見てみると、このような状況になったか把握する必要があります。

自分に正直になることを忘れないでください。嘘を永続させても意味がありません。とどこかの内部ではすでに真実を知っている。自分自身に聞いてください...

彼は本当にあなたを尊敬していますか？

それが今日終了した場合、あなたはそれがすべての手間をかける価値があっただろうと感じていますか？彼は本当にあなたを愛していますか？もしそうなら、なぜあなたは彼のリストの最後のですか？

あなたが終わると思ったところ、おそらくこれではありませんが、ここでは、それにもかかわらずです。なぜそう自問してみてください？あなたは自尊心が低いに苦しんで、彼はあなたを与えた注目に取り込まれている？あなたが他の女から彼を奪うの思想における自我のブーストを得るか？

これは、あなたが他の女性をされている初めてですか？あなたはそれを楽しんでいますか？もしそうなら、なぜ、あなた自身に尋ねなさい。
あなたの動機と同様に重要、彼からなのです。多分彼はあなたを愛していません。多分彼は不幸だったまともな人物であり、そしてちょうど悪い状況で自分自身を発見。その場合は、その後彼の計画は何ですか？

彼は不幸に結婚されている場合は、意思決定を行う必要があります。彼は別の恋人を探しているように感じたように不幸の場合は、なぜ彼はちょうど新しい何かを起動する前に妻と一緒に物事を解決しなかったのですか？

彼は彼が彼の荒い日によって得るのを助けるために残念賞、または側面の趣味のようにあなたを扱うようにしてください。彼はそのような子供たち、家族、財政問題、などなどの複雑な問題が、あると言うなら、彼は他の誰かに関与する立場に本当にでしょうか？

彼は本当にあなたと一緒にいることに向かってあらゆる努力をされていない場合、彼はあなたが値する敬意を与えていない。彼は明らかにあなたのニーズを全て満たすための準備ができていません。この場合、どんなに痛みの場合、現実はあなたが一人であなたとあなたのことができる誰かを見つけるほうがよいだろうということです。

聞いて別の質問は、彼が前にこれを行っている？事務を持つことは彼のためのレクリエーションの季節の形であれば、用心する必要があります。結局、彼は彼女があなたと一緒に出る場合でも、どのように彼は最終的に良いが、彼の空想に合う他の誰かのため残していないが知っているのですか？

今まで本当に嘘とだまして、彼は愛すると約束女性を、尊重し、永遠に大切になる人を信頼することはできますか？そうでない場合は、何を期待すると、彼はで最初にあった女性が絵から出ている後でさえも、あるのでしょうか？

今まで感情ブラインドあなたの常識ようにしてください。どんな関係に重要な要素は、誠実さと信頼があります。これらの事がなければ、愛は風のように変更することができますが、つかの間の感覚です。

サードパーティの攻撃

それはあなたが他の女性として怒りの便利なターゲットになるのは当然だ。これは、事件から秋の責任として、サードパーティを見て社会で支配的な思想です。しかし、これは合理的ではありません。

それはあなたのためにされていなかった場合、すべてが絵完璧だっただろうと信じて多くの非常に魅力的ですが、それはおそらく全体の真実ではありません。

それは彼らの関係は、これまでの画像を入力するずっと前に問題を抱えていることもありえます。せいぜい、彼の整合性の問題は、根本的な原因のままです

我々は常に他の女性を非難し、ふしだらな女と娼婦としての彼女を描写する準備が整いましたが、現実はそれがタンゴに2つを取ったということです。そう誰かの人の足元に完全な責任を敷設すること本当に不公平です。

代わりに"妻やガールフレンド"の"他の女性"であることの本質は、関係がよりファンタジーではなく、

日常生活に一日のリアリズムに基づいて構築したいとしていることを意味します。

男性は業務に関与しているときに、彼らが誰であるの一部を明らかにするだけ注意しています。それはあなたが一緒に過ごす時間は、現実の世界と一緒に行く通常の責務から解放され完璧なコンパニオンになるのは簡単です。

それはすべてがロマンスのような錯覚を基にした理想的なロマンチックなパートナーとして出現するのは非常に簡単です。しかし、私は人間がすべての時間を王子様がない、とこれはあなたに販売されている夢の場合は目を覚ますまで、その後はよりよい、あなたの財布の内部に戻ってあなたのお金を置くところがあることを伝えるためにここにいる。

それはあなたが、彼は本当に彼らが再生しようとしている役割のために、ではない人のために人間を認識することが重要です。

多くの男性は、偽と非現実的な期待と余分な夫婦の不倫のように始まったの関係になる。

彼はあなたが超女性のある種の、または彼の完全な小川と、コールになるセックスの女神、瞬間の通知で、彼のすべての煩悩を満足させることができる喜んで準備ができていることを彼の心の内部に構築している場合があります。

しかし、あなたと私は両方知っている、これはそうするつもりはない。

だから、あなただけのセックスやファンタジーよりも基づいている実際の関係を進めることで予定ならば、現実的な期待値を事前に確立することが非常に重要です。

誤解しないでください。情熱は、その場所がありますが、そう、そして残念ながら、一日の終わりに、それはセンターステージを取るリアリズムは、リアリズムですありません。

章 9 それはそれとは何かということです

不倫の異なる形式があります。必ずしもすべての事件は同じですが、ユニークなカテゴリに配置することができますいくつかの種類があります。

ワン徹夜

ワンナイトスタンドは、通常、カジュアル、予定外の出会い系です。計画外のことで人々が前にその日の夜に互いを知られていない可能性がありますが、一方または両方の当事者が誰かとセックスをするために、すべての意図を持っていたことを強い可能性があります。

ワンナイトスタンドは、通常、アルコールや薬物乱用を伴うと考えられている。これは一般的に他の誰かとの親密を作成する試みではないが、より利己的です。

彼らはいわば、情熱を持つことができますが、彼らは通常、実際の無感覚のだ。実際に、それはかつて現実のシンクインチ、これらの遭遇 - のいずれかの後激しい自責の念を体験することも珍しくありません

メッシー業務

組み合わせの感情的性的な業務は、エンタングルメントのタイプです。これらは、感情的な欠員を補充しようとする不貞のより長期的なフォームです。それは1年か2年続くかもしれない、との性的活動が関係ではなく、正確に発症後から進行することがあります。

セックス中毒

不適切な初期の性的接触は、しばしば性的中毒のルートにある回です。演技の形になりつつある。専門家はこのような恥、不安、および抑うつなどの人々自分で治療する負の感情からも明らかなセックスを介してobsesses文化の直接的な結果であることを感じる。

女性は男性がフォームの快適さとセックスするためにオンにしなが

ら、彼らの傷を隠すために食品を使用する傾向があります。ほとんどのセックス中毒者は、抗うつ剤として性を使う男性、傾向にあります。彼らが埋めるために試行ボイドが満たすことが難しくなるとしてではなく、時間をかけて、感情的なつながりの欠如は、下方スパイラルにセックス中毒を送信します。誰もが、タイガーになれるだろうか？

性的に常習しているが、自由になるためにしたい男性は、時々セックス - 依存症匿名のような支援団体と12ステップのプログラム、の肯定的な結果を見つける。

もっと来て

アドオン事件強制的にごまかすの男性の生活の中で特定のボイドを埋める。通常、仕事や学校のような場所で完全に無実オフ始まっているか、彼は友達と遊ぶ間。

代わりに、情熱的に充電されるので、開発感情的な結びつきは自然の中でプラトニックではありません。通常、業務のアドオンの性的な成分は、しばしば他のを満たすのためになさ点とは言えない、とにも定期的に行われないことがあります。

結局、この種の相互作用はすべての親密さと実際の接続の主要な関係を激減させます。

感情的な課

本当に感情的な事件不正行為を持っていますか？で3つの要素

あなた自身を求めている場合、不正行為があなたとの関係や結婚で何が起こっているというよいチャンスがあるよ"浮気は本当に感情的な関係を持っている"。

恋愛関係は面白いものです。そこにそれぞれの関係の内側に見えない線があり、彼らはラインを越えているときに人々が知ることはしばしば難しい。他の時間彼らは知っているが、男性では、利己主義は、通常、優先されます。

あなたが感情的な問題を有するものであれば、あなたは何も物理的な出来事があるので、単純に何をやっていることがOKであることを考えてみてください。

あなたがコインの反対側にしている、と感情的な出来事があなたに起こっている場合、あなたはおそらくこの目に見えないラインのもう少し明確な見解を持っている。

時には感情的な事件の被害者が彼または彼女はラインで厳しすぎる

されているかどうかはわからないということです、そしてそれがないときに感情的な出来事から自分のパートナーを非難することを望んでいません。

両当事者は、そのラインを交差されているかどうかを知るのに役立つ3つの要素があります。それはかなりカットして乾燥した、非常に簡単です。

キーファクター＃1：詐欺...それに直面してみましょう、チャンスが不正行為の当事者が帰ってくると何が起こっているのかを正確に彼らの配偶者またはパートナーに伝えるされていないことです。その理由は、それが適切ではないのように彼ら自身が感じることです。

今それだけで公正であることに注意事項があります。非常に多くの場合、配偶者で未熟と上の嫉妬かもしれない、との友情と完全に調和がとれていない関係のほとんど無実であっても吹く。

しかし、しばしば、彼がそれについて議論しないならば、それはおそらくラインを通過している。

キーファクター＃2：親密では男性と女性が共有深いコネクションを開始する感情的な結合である。

この興奮は、すべてがすべてバラ色のときに、新しい関係の初期段階でのきっかけ、そしてこの他の人は完璧なようです。これは滑りやすい坂道である、と雪だるま式の効果が始まりました。

問題は親密です。

キーファクター＃3：化学...これは、物理レベルで別の人に近づくになることを願いによって分類されるものです。確かに、人はこれに基づいて動作しない場合がありますが、考えは普及している。

感情的な出来事は、本当に浮気でしょうか？答えはイエス、です。実際には線が交差しているということです。感情の親密さは、あなたの関係の外に始まるとトラブルになります。

しかし、どのようにあなたの関係を救助するのですか？

私たちの不快感によって推進、
我々は轍からステップアウトして、
さまざまな方法や真実の答えの検索を開始する可能性があります。
第10章

回復ゾーン

それが行くと、先へ進みましょう

あなたが感情的な事件の余波を扱っているのなら、あなたはそれができる方法を正確に痛みを伴うプロセスを知っています。

あなたの男の裏切りは、おそらくあなたがこれまで通過してきた最悪の経験の一つです。質問や不確実性のすべてを扱うのは、ほとんどあなたが非常識な運転することができます。

一部の女性は、感情の事件は、物理的な事件ほど悪くはないと言うが、私はそれはおそらく悪いということを伝えることができます。ので、あなたが愛され、誰かと共有し、その感情に投資者。それは肌よりも深くていたので、これは悪くなります。

人々は感情的に領土です。女性を持つことはあなたのものになっていたとあなたが一人で壊滅された空間に侵入する。

しかし、ここではそれはトリッキー取得する場所です。それが唯一あなたが持っていた何の損失を追悼する自然だが、悲しみと苦味の間に大きな違いがあるため。憤りと怒りのサイクルを継続、自分だけが残っているのか毒になります。

だから再建の鍵は何ですか？

まあそれは実際に最初の場所で一緒に提供してきたことだ。
それは情熱です！

それは彼らが後にしたセックスではなかったため、彼らはおそらく物理的な事件にすべての方法を行っていない理由があった、それは彼が自宅で取得されなかったことの情熱です。

これはあなたのせいだというわけではありません。リレーションシップは、いくつかの理由で古く行く。人生の現実に責任が通常です。

私たちは、愛情のある関係にとって非常に不可欠な情熱の燃焼を維持する時間を作ることを忘れない。したがって、今では火を再燃して、もう一度お互いの求愛を開始する時間です。

今、あなたの問題を話をする機会、または公共の過去をほじくり返す彼にチャンスとしてこれを使用しないでください。それが問題いずれかを支援するつもりはない。ちょうど出かけ、そして互いの会社を楽しむ。と、少なくとも楽しい時を過すためにしてみてください。

感情的な出来事が乗り越えるのに時間がかかるので、なぜそれが必要以上にそれがどんな困難にする。あなたがその火花Oの愛を取り戻すことができる場合は、チャンスはあなたの男が再び他の場所探しして移動しないことです。

の損傷を修復する

最大の問題のカップルの顔の一つは、感情的な出来事の脅威です。これは、人々が浮遊する最も大きな理由の一つです。

、非常に単純に、少なくともいくつかのレベルで、関係する感情があるので、感情的な業務は、よりを傷つける。

女性は別の女性とのコネクションを作る彼女の男を考えることに事欠かない。それは地獄のように傷つけることができるが、時々事件の感情的な側面は、実際には迅速な情事の概念やワンナイトスタンドよりも消化が困難になることができます。

あなたはすべてを疑問視することができます。どのくらい彼はそれを楽しむか？彼は彼女を愛していますか？彼が浮気したときに彼も私を考えるか？

百万円のものは、あなたの頭を通す。あなたが詳細を知りたいと思う、しかし私を信頼こと、あなたはしないでください。

だから、アドバイスのいくつかの良い部分を取る。

1）愚かな質問をしません...好き..."あなたは？このキスをしました"またはこれが愚かである"をあなたは？ことなめるか"、とだけ不必要な悲しみが発生します。
2）あなたが彼の他の女性とあなたの男性の性的トリストのあらゆる不快な少しの詳細を知りたいと思う、しかし私を信じているように感じること、あなたは知っている必要はありません。

確かに、あなたはあなたが権利を有する実際には、特定の物事について知っておく必要がありますが、大切なもの固執、そして残りが行くようにしてみてください。

3）掘り移動しないでください。

あなたがゴミをふるいに行くときがあるため、頻繁に離れて悪臭歩くよ！

以外にも、あなたが関係をサルベージすることにした場合、あなたは信頼に前方に移動する必要があります。しかし覚えておいて、私は盲目ではない愚かさ、信頼を言った！

建物の信頼は、2つを取ります。あなたの男は、彼が再び信頼できることを証明する必要があります、とあなたは彼がmendsを作るようにするあなたの部分を行う必要があります。

あなたがあなたとの関係から、残っているのか保存する場合は、次に進むことをいとわない。そうすることで、あなたが彼の頭の上に何かを保持する権利を放棄することを認識。

唯一彼の現在と将来の行動に、彼の過去の過ちで彼を判断してはいけない。

情熱のない愛は、退屈です。愛のない情熱は、恐ろしいです。

1. +You
2. Web
3. Images
4. Videos
5. Maps
6. News
7. Gmail
8. More
    1.
    2.
    3.
    4.
    5.
    6.
    7.
    8.
    9.
    10.
    11.
    12.
    13.
    14.
    15.
    16.

1. spauldenpublishing@gmail.com
    1.
    2.
    3.
2.
3.
    1.

Translate

章
11
連れて帰ること？

あなたが裏切られたと同時に、屈辱を感じるので、あなたの男が不貞を持っていることを発見することは、通常は壊滅的です。痛みは、あなたの自我の中心にまっすぐにカットします。まだ多くのカップルはそれを生き延びる。だからここは究極の質問です。

あなたの男が浮気をされている場合、あなたは彼を取り戻すか？

それを見てのいくつかの方法があります。いくつかは、単にそれを手放すことを告げる、"常に詐欺師、詐欺師に一度"、と言うだろう。疑いはこれまで存在しているので、これはあなたが彼が、今後信頼することができなくなりますという信念によるものです。

一方、いくつかのカップルは、痛みを通して動作し、さらにプロセスの緊密になることができます。

残念ながら、唯一の彼が寛容の価値があるかどうかを決めることができます。ここにあなたの決定のお手伝いをするいくつかの提案は以下のとおりです。

1。彼は彼の行動に対して全責任を負う必要があります。彼の謝罪は本物でなければならないと彼の行動はそれを反映すべきである。事件についての彼の態度は無頓着であれば、その後は慎重に考える必要がある。

2。その"他のひよこ"との接触は、直ちに中止しなければなりません。彼は仕事で誰かを見ていた場合、あなたの男は完全にこの人と一緒にすべての不要な相互作用を排除する必要があります。"他の"女は愚かな行動を決める、そして離れて行くことを拒否する場合、これは、転職や電話番号のようないくつかの抜本的な手順を、必要になる場合があります。

他の女性はあなたの社会的な円の一部であるが、あらゆる努力が彼女を画像から切り出すために、人間が行わなければならない場合、これは常に容易に解決されません。

3。あなたの間に他の問題が表面の場合、彼はそれがライセンスカウンセラーを見ることになっても、軌道に戻す事を得る、と彼が和解に真剣に取り組んでいることを証明するために必要なことは何でもして喜んででである必要があります。

それはあなたの心を和らげるためなら何でも、あなたが両方の平和に前方に移動できるように！

今、ここには煩いほんの少し加えることができるものだが、それに取り組む必要がある。

残念なことに、健康関連の問題はまた不倫の結果であることができる。性感染症が増えています。当然のことと、不正の問題があるところで、何もすべきではない。

彼はコンドームを身に着けていた誓う場合でも、彼は現代医学に知られているあらゆる病気のためにテストされるまで、あなたは彼とのセックスを避ける必要があります！海岸が明確になるとし、この関係に再導入する性別を考慮することができます。

セックスは、再構築プロセスの重要な部分ですが、全体の開示に関する会社でなければなりません。には秘密はありえない！すべての要素がテーブルの上に正面から配置する必要があります。結局のところ、あなたは精神的、物理的、そして霊的幸福はない言い訳を除いて、かかっているでしょう。

最後に、あなたの男が慢性的詐欺師であれば、それは単に終了を呼び出すまでの時間があります。あなたも、それが終わった後に癒すために個人的なカウンセリングを検討することをお勧めします。あなたの真実の愛が登場したときに、準備して前進することができるようにする。

希望する最後の事は別の男と同じ苦境にすぐに戻ってしまうことです。

我々は適切に私達の過去に対処する場合、については、我々は最も確かに私たちの未来にそれを運ぶために運命づけられる。
我々は一人で生まれて、そして
我々は一人で死ぬ。唯一の愛を通して私たちは一人ではないということ一瞬錯覚を作成するのですか。

章
12
それを維持するか、それを殺す？

この関係を保存することができますか？そして、それはすべきですか？最初に、あなたの関係は節約の価値があるか否かの決定を下す必要があります。

ほとんどの関係を救済することはできますが、それは破片への復帰を簡単なことではありません。あなたがたのうちに試しに不本意であれば、他にできることがたくさんあるではありません。

多くの人々は利便性の外の関係のままや子供のためにご利用いただけます。子どもたちのニーズを最重要視すべきだが、それはしばしば十分ではありません。

損傷した関係を保存するかどうかの決定は、関係する両方の当事者からのコミットメントを取ります。

今日我々はすべてのものはオプションです使い捨ての社会に住んでいる。我々は、より良いモデルにアップグレードすることができます。我々は、しかしどのような価格で、新しいもののために古いものの取引が可能？

我々が結婚したり、ただ一緒に住んでいるかどうか、関係が厳しいになったとき、私たちの最初の本能は、通常、それが終了呼び出すことができます。

それを仕事にするかどうかの質問に答えるのは難しいものになります。分離がなされている場合は特に。分離は、性的魅力によってマスクされていた何かによって引き起こされていた場合、それはおそらく離れて滞在することをお勧めします。

しかし、関係のこの段階での引数はしばしば最初の輝きがなくなってしまった今という鈍いように見えることが関係の次のステージへのコミットメントの恐怖によって支えられています。

あなたのリレーションシップは、第2グループに該当する発見した場合、多分あなたはそれを別の打撃を与えることについて考える必要があります。

あなたが次のステージに介して働くことができるなら、あなたはそれが価値がある努力になるかもしれません。

の関係は一定のメンテナンスが必要であり、これは私達がすべて私達が約束をするように注意が必要なこと何かである。他の人と団結することはあなた自身の中に存在する感情を埋めるための手段として見られるべきではありません。

それらは完全な気分にさせる関係を探して人々が長すぎる前に大幅に失望と不満になりそうである。女性として、あなたは、あなたの基盤と同じくらい強いです。あなたが必要とするすべての偉大さはあなたの中にある。笑顔とそれを知っている！

次に、あなたがどこにあなたの両方を導いた関係内の問題を診断する必要があります。一つの大きな課題は、多くの人々が実際の問題自体のためにそれらの問題の症状を間違えていることです。

例えば、多くの女性は浮気は、実際に彼らのブレークにつながった原因だと思います。真実は、事件が単により深い問題の指標である、ということです。

また、カップルはない親密さを共有しない場合は、パートナーの一つは、どこか別の感情的な接続を検索する可能性があります。親密さの問題が対処されていない限り、症状が何度も何度も再発する可能性があります。

今、男は多分一定のロックとキーの下に保持されることによって別の肉体関係を持っていることから抑制が、最初の場所で彼の行動の原因となった中心的な問題が解決されない限り、あなたの関係は単なる時限爆弾です。

あなたがコアの問題を診断した後、あなたの考えや感情を調べるために始めることができます。これは私が意味することで、あなたの両方は、禁止を保持せずに、率直にそして正直に、それを話している。時々真実は痛みを伴うことができるが、任意の実際の進捗状況にある場合にそれが必要です。

あなたが根本的な原因を識別した後、あなたの問題を解決するために協力して現実的な計画を構築し、前進する。その後、行動を取る。あなたがそれを作業する場合の計画は、動作します！

あなたが一緒に十分な時間を費やしていない場合は、日付の夜を設定します。最初の場所であなたを一緒に持ってこれを行うために使用することをやって起動します。充実した時間が重要です。

ドライブに出掛ける。公園で散歩する。夜の子供たちを取り除く、とあなたが両方の床に合格するまで、HOTアニマルSEXの90分に続いて、いくつかのダンス、、、極度の疲労から死んだ半分に続いていい、静かなキャンドルライトディナーを、持っている。

そして、それがうまくいかない場合は、少なくともあなたは、両方の主張には余りにも疲れなります。

コミュニケーションは重要です、そしてあなたが欠けている場合は、失っている。だから寝る前に話して毎晩一緒に半時間を過ごすために約束する。その後フォロースルーしてください。なぜなら、それはあなたが問題は、それはあなたが何だと言うことは本当にありません。

最後に、損傷の関係を保存すると、困難な作業になることを理解。そして、あなたがしようとしない場合、あなただけだったかもしれないものを疑問に思うことができる。

そう、怒りに遅い、と許して速いです。これは、正常にあなたの愛を再構築するのはるかに大きなオッズであなたを配置します。ちょうど愚か者であることはありません。

放棄は、常にあなたが弱いという意味ではありません。時にはそれは、あなたが行くように充分な強度を持つことを意味します。

章
13
子供の目

親は子供に教えられているかレッスン情事を持っている場合？どのような生活のルールを次の世代に渡される？

男の子は例の方法で彼らの父のまたは他の男性像から学ぶ。実際にはこれらの役割モデルは、少年の人生で最も影響力のあるガイドです。しかし、これらの男性像は、少年が歩くと話す方法では、多くの場合、単にモデル以上のものです。

のような労働倫理、友情、国内のアイデアだけでなく、問題解決のため、彼らは少年の人生の他の重要な側面のための金型することができます。人生の教訓は、毎ターンで浸透している。
少年の最初のレッスン

少年は彼の周りの男性から学ぶまず最初の一つは、心の問題に対処する方法です。子供が親の戦いを見たとき、多くの感情の対立があり、罪悪感、混乱、悲しみ、そして恐怖は、いくつかの一般的な非常に一般的な感情です。

彼は紛争に直面したときの男の最初の考えは何ですか？答えは簡単です...彼はそれを修正する方法を探します。男性として、私たちがすべてを解決できるようにすべきだと思うにかかりやすいです。

車が故障した場合、我々はそれを修正しようとする。テレビが消えている場合、我々はそれを修正しようとする。家の屋根は、私たちの上に洞窟探検している場合、我々は、男性はダクトテープと一緒にそれを保持するために我々ができることはすべてやってハンマーのロールとその下に立つだろう。

うそをつく方法

彼らの行動は、短期的には自分自身の利益のように見えるが、それは彼らの家族のメンバーで悲惨な結果を持っています。

ドラマは、子供のための厳しいもので、健康な感情の発展のための基本的なセキュリティを損なう。業務を持っている男性は非常に重要なルールを自分の息子を教えている。

親が子供誠実さと思いやりの大切さを教える責任がある。

決定が行われているときに他のものの感情を考慮するとまだ子供に注入しなければならない重要な文字のキーです。何か他のものは、純粋に無責任になる。

猿は猿が行う、参照してください

親は子供に教えられているかレッスン情事を持っている場合？人生をどのように学習されているルールがあるかどうか。

子供たちは親から学ぶ。実際、両親は子供の生活の中で最も影響力のあるガイドです。多くは彼らの子供が使用している彼らの癖やフレーズが表示されます。しかし両親は、マンネリズムとフレージングのためのモデルよりもです。

労働倫理、親密な関係、友情、国内のスキル、コミュニケーション、および問題解決能力：彼らは生活のすべての本質的な側面のためのモデルです。

親が浮気しているときに人生についての教訓を教えている、レッスンは責任を親は子供が学ぶために望んでいる。

両親が子供には罪悪感から、混乱、孤独、悲しみ、そして恐怖まで、多くの感情を、通過関係の紛争を経験している。

だから感情に対処することになって子はどうですか？そして、どのようにこのような状況でそれらを守るのですか？

男性の子どもたちは、すでに不安の感情を抑制するために事前にプログラムされています。人間の目でそれはそれに直面する問題ではなく、があることを拒否することをお勧めです。

男性の子は拒否の防衛を通して感情的な苦痛から身を守るだろう。

それはちょうど彼の性質です。

親が子供の正直を教える責任がある。そうすることだけ無責任ではないが、最終的に自分たちの生活の他の部分で浮上開始する利己主義と偽りの危険な、永続的な態度。

ここで注意しなければすることがおもしろいのです。

子どもたちは、彼らは例の方法で知っていることのほとんどを学ぶため、彼は目撃者の不倫は、詐欺師自身になることなどの可能性が5倍に家庭で育つ少年。

今、それを書き留めて！

真に邪悪なすべてのものは、、最も罪のないものとして開始します。

章
14
不倫の子

すべて余りに頻繁に、私たちはテレビのトークショーでとタブロイド誌で不正行為の配偶者と不倫を知りました。我々は無謀にもライブスタジオの観客の前で汚れた洗濯物を乾燥怒っているカップルを示しています。

いくつかのショーでは、さらにいくつかの想像の欲求を満たすために、結婚の外で情事を持つのは普及している。まだ、過去の不倫を存続関係の難しさは、事件が一般の社会で持つことができる遠大と負の効果を強調する。

不倫は、今日の文化に大きな関心事である。いくつかの推定値は、5つの離婚のいずれかが不倫の結果であると言う。

研究では、不倫がちょうどカップルが関与するよりも影響を与えることが幾度も証明されている。不倫はしばしば崩壊しそうでなければ安定した関係を引き起こす。

多くの人々はそれが頻繁に社会の中で不倫の最も深い影響を負う子供たちだということに気づいていません。これらは、生涯を通じて、これらの子供たちとなる永続的な効果です。

だけでなく、壊れた関係の子どもたちは、両方の両親と一緒に育ったの利点を失うが、その後の人生における負の行動の数につながることができる自信の欠如に苦しんでまで、多くのエンドはありません。いくつかの家庭を壊しての親を非難し、一方の親または他のを感じています。

これらの子供たちは、事件によって引き起こされるドラマから回復することができない生命の基本的な感情的な側面、不安を感じまで成長することができます。

これらの負のは、単に子供の年齢として消えていない影響を与えます。ティーンエイジャーとして、壊れた家の子供たちは、それが関係に来るとき無謀な決定を下す可能性が高くなります。

時々壊れた家の子供たちは痛みから逃れるために薬物やアルコールに入れます。離婚の子供たちはまた暴力をオン、または他の破壊的な方法で演技を開始する可能性が高くなります。

これはしばしば無謀な決定を下すか、彼らが完全に治癒する前に別の関係に飛び込むにつながります。ので、愛好家は、不倫の問題に苦しむだけではありません。

そう決定が関係して保存が行われるかどうか、カウンセリングは癒しのプロセスに多くの必要な助けを提供することができます。
反乱のすべての行為は、ことの本質に潔白のためのノスタルジア、と魅力を表現しています。

第15章
ヨ"Biznizzでアップ

今、私はあなたに多くの質問を投げてきたことを知っているが、それらに、我々は時々我々は必要な答えを見つけるための質問は、重要です。

1）あなたは1年以上お使いの男とされていますか？

2）あなたが子供を持っていますか？

3）お客様は、財政的に独立していますか？

4）あなたが一週間足らず回以上セックスをしていますか？

5）あなたの年齢より8年の違いはありますか？

6）彼はあなたの体についての自己を意識する気分にさせるか？

7）彼は自信を持って、発信か？

8）あなたが関係とコミットメントについて同意しますか？

9）あなたは、両方の追求の厳しいキャリアですか？

10）あなたは、3時間未満一日一緒に過ごすのですか？

11）彼は酒を飲んでいますか？

12）彼は薬を使用していますか？

13）彼は他の女性に慣れていますか？

14）彼は過去に浮気している？

15）あなたは彼にだまされことがありますか？

16）彼は彼の過去の関係のいずれかでごまかさいますか？

17）過去にだまさがありますか？

18）あなたの自由な時間を一緒に過ごすか？

19）彼は彼の友人と掛かる離れて週3時間以上を費やしていますか？

20）あなたの友人と彼から離れて3時間以上の週を過ごすか？

21）彼が連絡するか、就業時間外の作業の人々との時間を過ごすか？

22）彼はあなたなしで旅行するのか？

23）彼は今までセックスの最中にあなたを驚かせ、さまざまな性的な位置を試してみることを尋ねていますか？

24）彼は彼の外見に突然興味を持っていますか？

章
16
今、これに答える！

1）彼はあなたを愛していることを伝えますか？

2）彼は公の場であなたに愛情を示すのか？

3）彼はあなたなしで出かけていますか？

4）彼は今まで間違った名前であなたに電話した？

5）彼はまだ密接にあなたに触れるか？

6）彼は定期的に消えるのか？

7）彼は家族の活動を捨てていますか？

8）彼は他の女性を見ていますか？

9）彼は彼の電話に関する奇妙な行動か？

10）彼は遅くたむろしていますか？

11）彼は愛情の短されている？

12）彼は、セックスの不足のための言い訳をするか？

13）彼は不正行為を非難しますか？

14）彼はつまらないの引数を開始していますか？

15）彼は離れてなときに彼が呼ぶか？

16）彼はアイコンタクトを避けるか？

17）彼が突然少なく現金を持っていますか？

18）彼は財政について秘密にしていますか？

19）彼は突然新しい服をみせびらかしていますか？

20）彼の気分を最近変更したか。

17
あなたがよく知っている

1。彼はプライベートパスワード、およびび電子メールアカウントを持っていますか？

21）彼はまだ日にあなたをお誘いしますか？

22）彼は感情的に遠いように見えるか？

23）彼はプライベートで電話で話していますか？

章
2。彼は遅れて動作しますか？

3。彼が酒に酔って帰宅していま

すか？

4。異常に短い鍛えている？

5。彼はしばしば単独であなたを残していますか？

6。彼はあなたの友達の会社を選ぶか？

7。彼は将来についてあなたに話すのですか？

8。彼は自宅で物事に興味を失っている？

9。彼はセックスの最中に配慮でしょうか？

10。彼は眠りに落ちるのか、セックス後の部屋の右側に出ますか？

11。彼はこれまであなたにうそをつくのですか？

12。彼の友人があなたに向かって奇妙な動きをするか？

13。彼の家族は異なることを治療していますか？

14。彼が今まで不思議な香水の匂いか？

15。彼は彼の外見を変更されましたか？

19。彼は最近、より自信を持っていますか？

20。彼は愛情であることを停止がある？

章
18

最終的な考え
さて、私たちは私が信頼するものの最後に来て啓発と楽しい経験をされています。うまくいけば、あなたはすでに将来の新たなブランドから物事を見始めている。

今では、あなたは多分、あなただけのベストに値するという事実と同様に、認識していないあなた自身についてのことを理解するようになっている。あなたが楽しくして素晴らしく作られているため、この日の楽しみから、あまり何も、何も起こりません。

（あなたの運命の男性と）愛情のある、永続的な関係に前進するために必要なすべてのものはすべて一緒にあなたの内部になっている。あなたはそれを参照する必要がありました。

ので、ミラーを見つけてください。深く見ていきましょう。そしてそれのような笑顔はあなたの誕生日だ！この瞬間、あなただけの発見するため、新しいゴージャスな、やりがいのある、そして神！心配そうに宇宙と自分の作成者が店に持っているすべての善良さを、待っている。

今、狂ったように、本当に、あなた自身を愛し、そして深く！ので、私はか。

と覚えている...わずか1コーレブラックがある。
参照- U淳

- また、こので利用可能なシリーズ -

SEX療法：
- 男性が本当に望むものを理解するために女性のガイド。

SEX療法：
- 男性のコミットメントを恐れる理由を理解するには、女性のガイド。

で、ウェブ上で私をご覧ください。

www.KoleBlack.com

によっても、これらの刺激的な小説を読む
著者、コーレブラック

*彼女が取ったチャンス

*チャンスの危険が

*チャンスのゲーム

*チャンス＆ドラマ

ALLチャンスの終わり*
>>>>>>>>

レディース...紹介...
女性向けファッションと親密な服装で新しい文...

"セックスセラピー" - アパレルバイコーレブラック...
あなたはあなたを得るか？

今すぐオンラインで利用可能とセレクト小売店で...

www.ingramcontent.com/pod-product-compliance
Ingram Content Group UK Ltd.
Pitfield, Milton Keynes, MK11 3LW, UK
UKHW041942190726
13854UKWH00004B/1750